Anka Richter

Das pinke Kleid

IMPRESSUM

1. Auflage

© Projekte-Verlag Cornelius GmbH, Halle 2008 • www.projekte-verlag.de

Illustrationen: Annett Thierbach

Satz und Druck: Buchfabrik Halle • www.buchfabrik-halle.de

ISBN 978-3-86634-515-7   Preis: 9,90 Euro

Anka Richter

Das pinke Kleid

Illustrationen von
Annett Thierbach

Reihe
Sternboot
Projekte-Verlag
Cornelius GmbH

Inhaltsverzeichnis

Die Gänse vom Balkon

– 7 –

Das pinke Kleid

– 21 –

Der Leseweltmeister

– 25 –

Die Langeweileidee

– 31 –

Die Gänse vom Balkon

Jule ist traurig. Sie hat wieder kein Haustier zum Geburtstag bekommen. Dabei hat sie so gehofft, dass es dieses Jahr klappt.
Aber sie hätte es eigentlich wissen müssen. Mamas, in Jules Augen völlig überflüssiges Prinzip: Keine Tiere in unserer Wohnung, das ist unhygienisch, macht zu viel Arbeit und stinkt außerdem, scheint unumstößlich. Total gemein findet Jule das. Denn Mama hatte als Kind immer noch ihre Großeltern und die einen Bauernhof mit Hühnern, Enten, Gänsen und sogar Schweinen. Sie hatte selbst ein Lieblingsschwein und ein Lieblingshuhn. Sie durfte ihrem Opa beim Füttern helfen und ist mit durchs Dorf gerannt, wenn mal wieder die Hühner übers Tor geflogen waren und eingefangen werden mussten.
Wie gerne würde Jule so was erleben. Pech nur, dass sie in einer Stadtwohnung leben und auf dem Balkon nicht unbedingt Schweine gehalten werden können. Von Mamas damaligem Interesse für Tiere ist leider gar nichts übrig geblieben. Zu allem Überfluss wurde sie vor ein paar Jahren auch noch von einem wütenden Spitz ins Bein gebissen und hatte panische Angst, mit Tollwut infiziert worden zu sein. Seitdem ist endgültig Schluss und beim Thema Tiere Fehlanzeige.

Ein kleines bisschen hatte Jule auf Papa gehofft. Der hat wenigstens noch ansatzweise ein Herz für Tiere.
Leider nicht unbedingt für die, die Jule so vorschweben. Häschen beispielsweise. Papa mag ausgerechnet Fische und alle möglichen Frösche, Kröten, Feuersalamander und Schlangen. Dieses Getier bevölkert auch in wechselnder Kampfstärke das Terrarium auf dem Balkon. Eigentlich ja nicht schlecht. Jule hatte auch beim Bauen im letzten Sommer mitgeholfen und es in ihrer Lieblingsfarbe Gelb angestrichen. Aber wenn sie ehrlich ist, dann ist das Terrarium nur ein fauler Kompromiss und leider überhaupt kein Ersatz für die herbeigesehnten Häschen. Denn so richtig spielen kann man weder mit Fröschen noch mit dem dort gerade beheimateten einsamen Barsch. Mit dem ist zur Zeit gar nichts anzufangen, weil er, unter einer dünnen Eisschicht begraben, seinen Winterschlaf hält. Da sieht man nun rein gar nichts. Sehr interessant ... Nur Jule möchte so gerne Haustiere zum Anfassen, zum Kuscheln und Spielen. Alle möglichen Vorschläge sind an Mama und Papa schon abgeprallt. Sie neigen sonst eigentlich nicht zu Konsequenz. Ausgerechnet in puncto Haustier, da bleiben sie hart. Keine Chance, nicht die winzigste. Nicht mal zum 10. Geburtstag.

Jule hatte gehofft, wenigstens in ihren Geschwistern Verbündete zu finden. Leider Fehlanzeige. Die erklären nur gelassen, dass sie früher schließlich auch kein Haustier haben durften, und sehen in Jules Misere überhaupt kein Problem. Jules Schwester Lydia ist schon 21 und studiert Medizin. Die schneidet Tiere bestenfalls auf. Zum Lernen, wie sie Jule erklärt. Und mehr interessiert sie sich auch nicht dafür. Jules Bruder Florian ist 18, macht gewöhnlich jeden Blödsinn mit ihr mit, aber ausgerechnet er springt der Mama jetzt auch noch bei und unterstützt sie gar in ihrem Gezeter von wegen: „Das bleibt alles an mir hängen." Dabei, das weiß Jule ganz genau, wollte der Florian als kleiner Junge auch unbedingt einen Hund haben. Irgendwie scheint er sich daran jetzt nicht mehr zu erinnern. Null Unterstützung gibt's für Jule, lediglich den ihr verhassten Satz: „Jule, vergiss es, kein Haustier", hört sie von ihm, öfter, als ihr lieb ist.

Sonst sind die beiden echt cool. Sie kann sich keine besseren Geschwister wünschen. Aber in diesem Punkt, findet Jule, haben sie echt einen am Sender. Spielen die abgeklärten, ach so vernünftigen Erwachsenen.

Es ist zum Heulen. Alle ihre Freundinnen besitzen ein Haustier. Manche sogar zwei. Hamster, Meerschweinchen, Katzen, Kaninchen, Häschen und eine hat sogar einen Hund. Jedes Mal, wenn Jule vom Spielen bei einer ihrer Freundinnen nach Hause kommt, ist sie noch trauriger. Aber es hilft alles nichts. Mama und Papa lassen sich nicht erweichen. Mama hat nun auch noch die in ihren Augen endgültige Keule ausgegraben: die Krankheitskeule. Sie wird nicht müde, Jule zu erklären, welche Seuchen Tiere alles einschleppen und von welchen Parasiten sie besiedelt werden können. Unterstützt von Lydia natürlich. Deren Medizinlehrbücher dienen den beiden dann immer zur Unterstützung des Horrorszenarios. Ständig zeigen sie Jule neue Bilder von fürchterlich entstellten Tieren, die alle besagten Krankheiten zum Opfer gefallen sind. Das ganze soll als Abschreckung dienen für Jule. Tut es aber nicht.

Jule wünscht sich mehr denn je ein Haustier. Am liebsten zwei kleine Häschen wie ihre Cousine Lena. Die hat's in Jules Augen gut. Sie wohnt in einer Kleinstadt in den Bergen, gleich neben Oma, und hat auf der Terrasse vor ihrem Haus einen richtig schönen Stall für die beiden Hasen. Genau so, wie Jule sich das immer wünscht und vorm Einschlafen jeden Abend vorstellt.

Nun hatte sie alle Hoffnung auf den Geburtstag gesetzt und wieder vergeblich. Sie war den Tränen nah, aber Mama dieses Mal auch. Denn die hatte gemerkt, dass Jule sich über ihre Geschenke gefreut hat, aber insgeheim bitter enttäuscht war, weil ihr Herzenswunsch einmal mehr nicht in Erfüllung gegangen war.

Frustriert und mutlos schaukelt Jule in ihrem blauen Hängesessel vor sich hin. Das ist ihr Lieblingsplatz. Schon so manches Mal, vor allem, wenn sie traurig war, hat sie das Schaukeln im Hängesessel aus ihren trüben Gedanken gerissen. Nach ein paar Minuten fühlte sie sich meistens besser. Gerade als sich dieses angenehme, beruhigende Gefühl wieder einzustellen beginnt, klingelt es und Jule wird aus ihren Träumen gerissen. Erst wartet sie noch ab, schließlich sind auch ihre Geschwister und der Papa in der Wohnung. Die könnten auch mal zur Tür gehen. Aber als das Klingeln immer schriller und hektischer wird, ahnt Jule, dass natürlich sie, als Jüngste, mal wieder die Ehre hat, dies zu tun. Was heißt, gehen, Jule rennt freiwillig, denn inzwischen nervt ein Dauerklingelton. Sie reißt die Tür auf, will gerade losschimpfen, wer denn hier so bescheuert auf die Klingel drückt, als ihr die Worte im Halse stecken bleiben.

Mama steht vor der Tür, mit leicht wirrem Blick, völlig abgekämpft und vor allem nicht alleine. Sie hatte ihre riesige und bestenfalls für Wochenendeinkäufe geeignete Basttasche vor sich stehen und aus der strecken, zwischen wild herumfliegenden Strohresten, drei kleine Gänse neugierig ihre Köpfchen über den Taschenrand.

Jule trifft fast der Schlag, und ohne dass sie es beeinflussen kann, fängt sie laut an zu schreien. Das wiederum lässt die ganze Familie in Windeseile zur Tür rasen, um, wie sie meinen, dem Kind zu helfen. Der Anblick von Mama und dem Federvieh haut auch Lydia, Florian und Papa fast um. Die plötzlich eingetretene Totenstille unterbricht Mama mit dem, im Gegensatz zu ihrem doch etwas wirren Aussehen, vollkommen gelassen ausgesprochenen Satz: „Das sind Lise, Lisbeth und Liselotte, Jules neue Haustiere." Danach ist es erst mal still. Alle gucken völlig verdattert, während Mama die Tasche mit den Gänsekindern in den Flur zerrt. „Und wo sollen die jetzt hin", fragen alle beinahe gleichzeitig. In ihrer völligen Fassungslosigkeit schreien sie Mama fast an. „Auf den Balkon", antwortet die seelenruhig und zieht die Tasche immer weiter durch die Wohnung, Richtung Balkontür. Jule fängt sich als Erste wieder. Nur für einen winzigen Moment hatte sie sich gefragt, wann sie je den Wunsch nach Gänsen geäußert hatte, aber eigentlich war ihr das nun auch egal. Offenbar ist Mamas Kindheit durchgeschlagen. Jule jedenfalls verliebt sich sofort in die süßen Gänschen und ist wild entschlossen, sie gegen den Rest der Familie zu verteidigen.

Also stürzt sie hinter Mama her, reißt die Tür zum Balkon auf und fliegt zuerst über einen dort rumstehenden Blumenkübel.

„Na Bravo", tönt Florian, „nicht nur, dass ich das für eine völlig bescheuerte Idee halte, du hättest wenigstens den ganzen Schrott hier erst mal wegschaffen müssen, Mama." Papa gibt ihm selbstverständlich recht und Lydia hat schon, resigniert von so viel Unverstand, den Rückzug in ihr Zimmer angetreten.

Jule rappelt sich blitzschnell wieder auf und fängt zusammen mit Mama an, sämtliche Blumentöpfe so zusammenzuschieben, dass wenigstens ein bisschen freie Fläche auf dem Balkon entsteht. Die Gänsejungen hocken etwas verängstigt in der Basttasche und wissen am allerwenigsten, wie ihnen geschieht. Mama und Jule schaffen es schließlich, so viel Platz zu schaffen, dass so was wie ein kleiner Weg zwischen dem ganzen Balkongerümpel frei ist. Vorsichtig kippen sie die Basttasche zur Seite und flugs, im Gänsemarsch, watscheln Lise, Lisbeth und Liselotte auf den Balkon. Mama kippt das restliche Stroh hinterher und ist sichtlich stolz auf die in ihren Augen brillante Idee, Jule endlich Haustiere beschafft zu haben.

„Na ja, bis auf die Vogelgrippe", bemerkt Florian amüsiert, „aber das hat Mama natürlich nicht auf der Rechnung. Ich sag' es nur, Leute, ich werde mich auch nicht kümmern. Gänse, Mama, bei dir piept es echt. Was bitte, wenn die Viecher größer werden, mehr Auslauf brauchen und überhaupt, die werden euch den ganzen Balkon vollscheißen. Das ganze ist eine Schnapsidee." „Mal ganz abgesehen davon, dass unsere neuen Freunde auch eine Menge Krach machen werden", tönt Papa, „ich kann den ganzen Zauber hier wirklich nicht gutheißen, das endet im Chaos. Ich jedenfalls halte mich raus!" „Ist auch besser so!", schreit Jule, „Das war ja klar, dass ihr wieder alles doof findet. Meine Gänse kriegen keine Vogelgrippe und keiner muss sich kümmern, ich schaffe alles alleine. Und wenn die mehr Auslauf brauchen, dann gehe ich eben mit denen spazieren. Über die Wiese vor unserem Haus. Es gibt immer eine Menge Möglichkeiten, sagt ihr mir doch ständig. Es wird schon klappen."

„Ach Jule", meldet sich nun auch Mama auf einmal mit leicht angestrengter Stimme, „in die Wohnung dürfen die Gänschen natürlich nicht, aber das ist wohl klar." „Kein Problem, Mama, ich pass' schon auf."

Jule ist total aufgeregt. Haustiere, endlich Haustiere zum Anfassen. Das es eigentlich Häschen sein sollten, ist völlig vergessen. „Mit Lise, Lisbeth und Liselotte fängt mein Leben erst richtig an", denkt Jule. Sie ist überglücklich und wild entschlossen, es den Gänschen so schön wie möglich zu machen.

„Füttern, ich muss die sofort füttern, Mama", schreit Jule, „Ich mach' denen jetzt gleich was zu essen."

„Fressen", verbessert Florian spöttisch, „Jule, das heißt: ich mache denen was zu fressen. Hast du in Sachkunde nicht hingehört, bei Tieren immer ‚fressen'!" „Na und", brüllt Jule, vor

Aufregung ist sie schon ganz heiser, „ich mache es trotzdem."

Schnell verschwindet sie in der Küche und kramt zusammen mit Mama eine alte Schüssel aus dem Schrank. Dann mixen die beiden Haferflocken, Wasser und Löwenzahn. Genau so, wie es der Tierarzt Mama erklärt hatte.

Freudig rennt Jule mit dem fertigen Brei Richtung Balkon, als ihr die kleinen Gänschen bereits aufgeregt schnatternd in der Stube entgegen watscheln. In der ganzen Hektik hat keiner daran gedacht, die Balkontür zu schließen.

Vor Schreck fällt Jule die Schale mit dem Futter aus den Händen und der ganze Brei ergießt sich auf den Teppich. „Hilfe!" Jule brüllt nach der ganzen Familie: „Mama, Papa, Florian, Lydia! Meine Gänse, wir müssen die Gänse wieder auf den Balkon bringen."

Aber zu spät, Lise, Lisbeth und Liselotte rennen panisch an Jule vorbei und stolpern in verschiedene Richtungen der Wohnung. Wild fluchend rast die ganze Familie hinterher und versucht, sie wieder einzufangen. Die Situation eskaliert endgültig, als eines der Gänschen laut schnatternd ins Treppenhaus läuft. Leider stand auch die Wohnungstür offen, weil Lydia eigentlich gerade ins Kino wollte, als sie Jules Schreien hörte.

Papa rast hinterher, greift die kleine Gans am Bein, rutscht dabei aus und schreit so kräftig, dass wieder die ganze Familie panisch zusammenläuft.

Florian hat ein Gänschen unterm Arm, Lydia das andere, Jule ist von oben bis unten mit Futter begossen und Mama leichenblass.

Alle stehen um den vor Schmerzen jammernden Papa herum, der krampfhaft seine Gans festhält, und sind starr vor Schreck.

„Hab' ich es nicht gesagt?", flucht Papa, „das Ganze endet im Chaos, so ein Mist, mein Fuß ist im Eimer."

„Na Bravo", meint Florian, „des Dramas erster Akt hat bereits begonnen, Glückwunsch Mama, tolle Idee, so richtig ausgegoren. Jetzt haben wir den Schlamassel."

Jule fängt an zu weinen und nur Lydia hat noch die Nerven, sie zu trösten.

Inzwischen hat sich auch das Treppenhaus mit ein paar Nachbarn gefüllt. Alle gucken leicht irritiert auf das Treiben, diskutieren wild durcheinander und sind sich darin einig, dass Gänse nun wirklich nichts in diesem Haus zu suchen haben. Jule weint immer lauter, Florian herrscht sie an, endlich still zu sein, und Mama sammelt wortlos die drei Gänschen ein, um die aufgeregten Tiere erst mal wieder auf den Balkon zu bringen.

In dem ganzen Chaos kümmert sich kein Mensch um Papa, der immer noch auf der Treppe sitzt und vor Schmerzen nicht aufstehen kann. Irgendwann erinnert sich Lydia wenigstens an ihn und beschließt beim Anblick seines stark angeschwollen Fußes, ihn in die Unfallambulanz zum Röntgen zu fahren.

Der Rest der Familie sitzt ratlos im Wohnzimmer, bis Mama die Flecken vom verschütteten Gänsefutter auf dem Teppich wieder ins Auge springen. Mit dem Mut der Verzweiflung und verschiedensten Putzmitteln versucht sie, den Brei aus den Fasern zu reiben. Schließlich stellt sie resigniert fest, dass dieses Unterfangen sinnlos ist und sie wohl mit den Dreckrändern leben müssen.

Jule ist völlig verzweifelt. Sie hat Angst um Papa und außerdem fürchtet sie um ihre Gänsekinder. Schließlich ist es inzwischen Abend und die haben keinen Ort, wo sie schlafen können. Alle Beteuerungen von Mama, dass dies überhaupt kein Problem für die Gänse sei und die schon ein Eckchen finden werden, können Jule nicht beruhigen.

Sie ist wild entschlossen, den Gänschen schon in ihrer ersten Nacht eine gemütliche Behausung herzurichten. Da sich gerade ohnehin keiner aus der Familie so richtig für ihre Belange interessiert, legt Jule alleine los. Für heute Nacht, so überlegt sie, können die Gänsekinder vielleicht in ihrem alten Barbieschloss schlafen. Morgen dann wird ein richtiger kleiner Stall gebaut. Gedacht, getan. Jule rennt auf den Dachboden, schleppt das Schloss mühsam die Treppe runter und bugsiert es an allen vorbei auf den Balkon. Geschickt macht Jule aus drei Etagen eine, vergrößert den Eingang, sammelt alles überflüssige Mobiliar raus, streut Stroh rein und stellt das Barbieschloss in die hinterste Balkonecke. Gespannt wartet sie, was nun passiert.

Lange muss Jule nicht warten, denn blitzschnell watscheln Lise, Lisbeth und Liselotte neugierig zu ihrem neuen Domizil. Sie tappeln erst drum herum und dann einfach rein. Friedlich kuscheln sie sich ganz eng aneinander und bleiben still hocken. Jule ist begeistert und vor allem beruhigt. Eine schöne erste Nacht ist schließlich wichtig, findet sie, ihre Gänsekinder sollen sich richtig wohl fühlen bei ihr.

Stolz will sie ihre Idee gerade den anderen präsentieren, als Papa und Lydia vom Arzt kommen. Papa auf Krücken und mit Gipsfuß. Sein Fuß ist gebrochen, er krankgeschrieben und seine Laune im Keller. Lydia ist genervt, Flo gratuliert zu dieser katastrophalen Bilanz des ersten Tages mit Haustieren. „Wirklich gelungen, Leute, Fuß gebrochen, Nachbarn gegen uns aufgebracht, Teppich versaut und alle außer Jule genervt. Glückwunsch Mama, besser hättest du es nicht hinkriegen können!"

Die Schuldige des Tages steht fest. Aber noch ist Mama nicht gewillt, sich dieser Schreckensbilanz zu beugen. Noch hofft sie, dass sich alles zum Besseren wendet und die Familie ihren Frieden mit den Gänsekindern schließt.

Jule, ihre einzige Verbündete, sieht das genauso. Für sie ist der Tag gelungen. Die Gänschen schlafen, wie es aussieht friedlich, und erstmals seit langer Zeit diskutiert Jule nicht darüber, dass sie jetzt ins Bett muss, sondern macht sich freiwillig bettfein. Sie möchte sich noch ganz in Ruhe überlegen, wie der Stall, den sie morgen bauen will, aussehen und in welcher Farbe sie ihn anstreichen soll. Außerdem, so beschließt Jule, will sie die drei Gänse morgen ganz kurz mit auf die Wiese vors Haus nehmen. Vielleicht, so denkt sie sich, kann sie Lise, Lisbeth und Liselotte in ihren alten Puppenwagen setzen, dann können sie nicht wegrennen. Denn, da ist sich Jule ziemlich sicher, aus der Familie wird ihr wohl keiner freiwillig helfen, da die sich jetzt schon alle am Rande des Wahnsinns bewegen. Sich wohlig ihren Plänen und Träumen hingebend, schläft sie darüber ein.

Ganz friedlich und so lange, bis sie von einem lauten Knall unsanft aus ihren Träumen gerissen wird. Schnell versucht sich Jule zu orientieren und rauszubekommen, woher der Knall kam. Aber da hört sie schon Mama total aufgeregt nach ihr und allen anderen rufen. Jule knipst die kleine Lampe an ihrem Bett an, springt raus, rennt ins Wohnzimmer zur Balkontür und dann sieht sie die Bescherung. Mama steht in Schlafanzug und mit wild wehenden Haaren mitten auf dem Balkon in einem Trümmerfeld aus den Teilen des Barbieschlosses, Stroh und Blumentöpfen. Mitten drin und wie von Sinnen laufen die drei Gänse laut schnatternd von einer Ecke des Balkons in die andere. Dabei ecken sie überall an und was auch immer ihnen in den Weg kommt, zerbricht. Zudem ist der Balkon beinahe vollständig mit Gänsedreck bespritzt und mit Wasser begossen. Denn fürsorglich hatte Jule den Gänschen Trinkbehälter ins „Schloss" gestellt. Die waren natürlich sofort kaputt.

„Was zum Teufel macht ihr nachts um drei alle hier?" Florian, der gerade von einer Fete nach Hause kommt, ist fassungslos. Auch Papa war auf seinen Krücken rangehumpelt und stand zusammen mit Lydia entgeistert vor diesem Chaos. Jule versucht mit Mama, die Gänse einzufangen, was nicht so einfach ist, denn auf dem Balkon ist es rutschig und immer, wenn sie meinen, ein Gänschen schnappen zu können, stolpern sie. Außerdem ist es total stürmisch draußen und so langsam wird allen klar, was passiert ist. Durch den Wind sind die Blumentöpfe, die Mama und Jule, ohne „Sinn und Verstand" wie Papa es formuliert, bei ihrem Versuch, Platz zu schaffen, dort abgestellt hatten, auf das Dach des Barbieschlosses gefallen und haben alles zerschlagen. Ein Wunder, dass die Gänse heil davon gekommen sind.

„Wer hatte denn die selten dämliche Idee, die Gänse ins Barbieschloss zu verfrachten?", Florian schrie die Frage förmlich auf den Balkon. Eine Antwort ist nicht nötig. Jules hilfloser Blick sagt alles. Aber für die in seinen Augen fällige Generaldebatte über Mamas höchst überflüssige Gänseaktion bleibt keine Zeit, denn noch immer rennen Lise, Lisbeth und Liselotte panikartig auf dem Balkon rum und Jule barfuss, in ihrem Nachthemd hinterher.

Der Krach ist unerträglich und ruft nun auch die Nachbarn auf den Plan. „Unverschämtheit", dröhnt es durchs Haus. „Haben Sie mal auf die Uhr geguckt, sehen Sie zu, dass die Viecher sofort den Schnabel halten."

Papa versucht sein Bestes, um die Leute im Haus zu beschwichtigen, aber auch mit Lydias Hilfe gelingt das nur schwer. Immerhin schaffen es die beiden wenigstens, dass die aufgescheuchte Nachbarschaft sich wieder in ihre Wohnungen verzieht. Nicht ohne noch wütende Drohungen gegen die Gänse auszustoßen, selbst Luftgewehre werden ins Spiel gebracht. Als Jule das hört, ist es mit ihrer Fassung endgültig vorbei. Mit den Gänsen im Arm rennt sie laut weinend, völlig erfroren, nass und verdreckt an allen vorbei in ihr Zimmer, lässt die vor Schreck still gewordenen Tiere dort loslaufen und schließt erst mal ab. Im Schweinsgalopp stürzt die ganze Familie, außer Papa, der mit seinen Krücken natürlich schlecht vom Fleck kommt, hinter ihr her. „Jule, mach' sofort die Tür auf, die Gänse dürfen nicht bei dir im Zimmer bleiben. Schließ' auf, du musst dich umziehen, du wirst krank", Mamas Stimme überschlägt sich fast. Auf alle erdenkliche Art und Weise versucht nun auch der Rest der Familie, Jule aus ihrem Zimmer zu locken und sie mit verschiedensten Versprechungen, was der nächste Tag alles tolles bringen könnte, davon zu überzeugen, doch bitte die Tür zu öffnen. Aber Jule hört gar nicht mehr hin. Ihr reicht es. Sie lässt die inzwischen friedlich gewordenen Gänse durch ihr Zimmer watscheln und zieht sich in aller Ruhe einen sauberen Schlafanzug an, sucht dicke Socken aus dem Fach und kuschelt sich einfach ins Bett, macht das Licht aus und schläft auf der Stelle völlig erschöpft ein.

Hilflos steht die Familie vor ihrer Zimmertür und hat nicht die leiseste Ahnung, was sie tun soll. „Wir können hier eh nichts mehr retten", Florian findet als Erster seine Worte wieder. „Ich schlage vor, wir gehen alle ins Bett."

„Ja, was sollen wir nun auch anderes machen", tönt Lydia deutlich genervt und „vielleicht, liebe Mama, hast du ja morgen wieder so 'ne Spitzenidee, wie du unser Familieleben noch ein bisschen turbulenter gestalten könntest. Ich schlage vor, Hühner zu beschaffen und ein Schild ‚Bauernhof' anzubringen." „Noch so eine Nacht stehe ich jedenfalls nicht durch", ätzt nun auch Papa, „es ist wirklich wie im Tollhaus hier. Morgen, das sag' ich euch, ist Schluss mit dem Theater. Die Gänse kommen weg, egal wohin, aber runter von unserem Balkon und raus aus dem Haus. Ich lasse mich hier nicht weiter zum Krüppel machen. Der Fuß reicht. Gute Nacht."

Als Jule am nächsten Morgen aufwacht, ahnt sie, dass dies kein guter Tag werden wird. Beim Blick durch ihr Zimmer bestätigt sich diese Ahnung endgültig. Der ganze Teppich ist voll Gänsedreck. Grün-braune Flecken wohin sie guckt. Von ursprünglich gelb ist nicht mehr viel zu sehen. Außerdem riecht es nicht besonders angenehm, und auch als Jule das Fenster aufmacht, wird die Luft in ihrem Zimmer nicht unbedingt frischer. Aber immerhin, ihren Gänschen geht es gut, sie watscheln munter umher und finden es scheinbar ganz lustig, zwischen Jules Möbeln und Spielsachen herumzulaufen.

Vorsichtig schließt Jule ihre Zimmertür auf. Es ist Sonntag. Ein bisschen hofft sie, dass alle noch schlafen und sie unbemerkt in den Keller rennen kann, um Werkzeug und Holz für ihren Gänsestall zu suchen. Jule will keine Zeit verstreichen lassen und die Familie lieber vor vollendete Tatsachen stellen. Sie weiß zwar noch nicht so richtig, wie das alles funktionieren soll, aber, wie sagt doch die Mama immer, „Versuch macht klug."

Also nutzt sie die Gunst der Stunde, denn wie erhofft schläft der Rest, und schleicht sich in den Keller. Dort findet sie dann auch Nägel, Säge, ein paar Bretter und sogar alte weiße Farbe. Passt gut, findet Jule, denn sie hat beschlossen, den Stall weiß zu streichen.

Sie schleppt, so viel sie tragen kann, die Treppe hoch und freut sich darauf, sofort loslegen zu können.

Nur los gelegt hatten inzwischen ganz andere. Da Jule vergessen hatte, ihre Zimmertür wieder zu schließen, war in der Wohnung das Chaos ausgebrochen. Hier tobt der Bär bzw. sind die Gänse los. Lise, Lisbeth und Liselotte rennen völlig aufgescheucht und Spuren der Verwüstung hinterlassend durch die Zimmer. Hinter ihnen her, im Schweinsgalopp so zu sagen, stürzen Mama, Lydia und Florian. Papa steht mit seinen Krücken fluchend im Wohnzimmer und gibt eher hilflose Tipps, in welche Richtung sich welche Gans bewegt und wer jetzt doch bitte mal beherzt zugreifen soll.

Jule wird es himmelangst. Sie ahnt, dass dies hier kein gutes Ende nimmt und ihr Plan mit dem Stall möglicherweise aufgeschoben werden muss. Vielleicht sogar nie in die Tat umgesetzt werden kann.

Noch bemerkt sie keiner und Jule ist heilfroh darüber. Schließlich ist sie es gewesen, die vergessen hat, abzuschließen.

Irgendwann glückt es den Dreien schließlich, die flüchtigen Gänsedamen zu fassen und erst mal wieder auf den Balkon zu stecken.

„So Mama, das war die letzte dieser gestörten Aktionen hier zu Hause!" Florian ist außer sich. „Verabschiede dich von deiner bezaubernden Idee, Jule die glückliche Gänsemutter spielen zu lassen. Es klappt nicht, wie du siehst.

Keine zwei Tage und hier ist die Hölle los. Entweder die Gänse fliegen oder ich ziehe aus." „Übertreib' nicht", Lydia bleibt weitaus entspannter, „dann tut mir Jule aber auch leid. Erst fröhlich Gänse als die idealen Haustiere präsentieren und dann wieder wegnehmen. Da muss eine andere Lösung her. Mama wirklich, und die wird Jule alleine wohl kaum finden."

Erst jetzt bemerkt die Familie, dass Jule mit ihren ganzen Utensilien ängstlich in der Ecke steht. Sie fängt sofort an zu weinen und lässt mutlos ihre Baumaterialen fallen. Leider auf ihren Fuß und das nächste Drama nimmt seinen Lauf. In Windeseile wird Jules Fuß, der rechte, genau wie bei Papa, dick und blau und Jule immer blasser. Mama und Lydia fangen schnell an, den lädierten Fuß zu kühlen und hochzulegen. Unglücklich sitzt Jule nun auf dem Sofa und ist trauriger denn je. „So toll wie erhofft, sieht mein neues Leben mit den drei Gänschen ja nicht gerade aus und einen Stall kann ich jetzt auch nicht mehr bauen." „Stall, Jule, ich höre wohl nicht richtig, vergiss es, deine Gänse können unmöglich hier bleiben, du siehst doch, in welche bedauernswerte Lage wir hier schon nach kurzer Zeit geraten sind."

Florian gibt immer noch keine Ruhe, obwohl Mama versucht, ihm mit fast flehenden Blicken Einhalt zu gebieten. „Halt' die Klappe, Florian", rastet sie schließlich völlig aus, „Jule muss gerade genug aushalten und eigentlich ist alles meine Schuld!" „Gratuliere zu dieser bahnbrechenden Erkenntnis, dann dürfen wir ja alle bald mit einer glücklichen Lösung rechnen", ätzt Florian weiter.

Mutlos lässt sich Jule in die Kissen sinken. Alle sind nun erst mal still und ratlos. Dafür schnattern die Gänse auf dem Balkon um so lauter. Und es kommt, wie es kommen muss, die Nachbarn melden sich. Lautes, ungeduldiges Klingeln am Sonntagmorgen lässt nichts Gutes ahnen.

Mama geht zur Tür und kaum ist die offen, tönt es schon durchs Haus. „Nicht mal am Wochenende kann man hier ausschlafen, Unverschämtheit, sehen sie bloß zu, dass die Viecher wegkommen, sonst gibt es eine saftige Beschwerde bei der Hausverwaltung." Alle schreien durcheinander und überbieten sich in wüsten Androhungen ihrer nächsten Aktionen. Da hier jedes Wort ohnehin sinnlos ist, macht Mama die Tür kommentarlos wieder zu. Was soll's, die Situation ist verfahren genug. Das Einzige, was jetzt noch hilft, ist eine geniale Idee.

Dieses Mal behält Papa die Nerven und schlägt vor, erst mal zu frühstücken. „Sonntagsfrühstück als Krisensitzung, Leute, das ist doch auch mal was." Er hat seinen Humor wieder gefunden und alle, außer Jule, beglückwünschen ihn zu diesem Vorschlag.

„Also", fängt Mama an, „ein Plan muss her. Die Gänse können hier wohl doch nicht bleiben. Jule, tut mir leid, ich habe es offensichtlich nicht richtig eingeschätzt." Jule fängt sofort wieder an zu weinen. „Lise, Lisbeth und Liselotte sollen aber hierbleiben. Ich habe mich so gefreut, wo sollen die denn hin. Bitte Mama, ich baue heute noch einen Stall und dann wird alles gut. Meinem Fuß geht es schon viel besser, er tut nur noch ein ganz wenig weh." „Nein, Jule", Papa bleibt entschlossen, „nichts wird gut, zumindest nicht mit uns und den Gänsen. Für die muss eine andere Lösung her. Und ich habe auch eine gefunden. Die Gänse kommen zu Oma. Wir können heute schon losfahren, ich habe eben mit ihr telefoniert." „Bitte was, und sie hat kommentarlos eingewilligt? Oma wollte doch nie wieder Tiere haben!" Mama guckt total ungläubig. „Na ja", meint Papa, „ich habe schon eine ganze Weile gebraucht, um sie zu überzeugen. Sie macht es nur Jule zuliebe und ist nebenbei bemerkt reichlich entsetzt über deinen Plan mit den Gänsen auf dem Balkon."

Aber das ist Mama nun auch schon egal. Hauptsache, die Gänse bleiben Jule wenigstens ein bisschen erhalten. „Jule, ich verspreche dir, dass wir so oft es geht zu Oma fahren, bestimmt sind auch ein paar verlängerte Wochenenden im Jahr möglich." Mama ist total erleichtert.

Und Jule auch. Sie hört langsam auf zu weinen und fängt an zu überlegen, wie ihre Gänse im Auto transportiert werden können.

Lydia und Florian fällt ebenfalls ein Stein vom Herzen. Sie verabschieden sich nun wieder in ihr, wie sie betonen, hoffentlich ungestörtes Privatleben. „Übrigens Mama, nicht morgen mit Enten oder Schildkröten hier auflaufen. Das Gänseintermezzo hat gereicht." Diese letzte Bemerkung musste Florian noch loswerden.

Die Fahrt zu Oma ist erneut eine einzige Katastrophe. Mama muss fahren und Papa hat die größte Mühe, mit seinem Gips auf dem Beifahrersitz klarzukommen und sich außerdem Bemerkungen zum Fahrstil seiner Frau zu verkneifen.

Zu allem Überfluss schaffen es die Gänse mehrmals, sich aus ihrem Reisekorb, in den sie verfrachtet wurden, zu befreien und rennen durch den Kofferraum. Ganze viermal muss angehalten werden, um sie wieder reisefertig zu machen. Der Korb, so stellt sich leider erst während der Fahrt heraus, hat ein defektes Schloss. Es ist mal wieder Mama gewesen, der das nicht aufgefallen war. Aber irgendwie schaffen sie es dann doch zu Oma.

Alle sind heilfroh und die Gänschen puppenlustig, wie es scheint. Ohne auch nur ein bisschen irritiert zu sein, flattern sie aus ihrer Reisebehausung und spazieren, als hätten sie noch nie was anderes gemacht, in Omas Garten. Jule ist darüber unheimlich froh, denn sie hatte große Angst, dass wieder alles schiefgeht. Zusammen mit ihrer Cousine richten sie alles für Lise, Lisbeth und Liselotte her. Oma ist es sogar gelungen, ein kleines Häuschen für die drei aufzutreiben. Ihr Nachbar hatte es seit Jahren im Schuppen stehen. Das dürfen die Mädchen sogar noch streichen. Nach zwei Stunden steht ein rot-gelbes Gänsehaus in Omas Garten und Jule ist fröhlicher denn je.

Jetzt hat sie das beruhigende Gefühl, ihre Haustiere guten Gewissens bei Oma lassen zu können. Und auch ihre Cousine verspricht, sich zu kümmern, wenn Oma es mal alleine nicht schaffen sollte.

Als die Fahrt zurück nach Hause unmittelbar bevorsteht, wird Jule doch wieder traurig. So gerne wäre sie ein paar Tage länger bei Oma geblieben, aber leider ist morgen wieder Schule. Ihr wird ganz schwer ums Herz. Wehmütig guckt sie in den Garten und vergewissert sich, dass es den drei Gänschen gutgeht. Dann trommeln Papa und Mama auch schon zum Aufbruch. Alle wollen sich von Oma verabschieden, nur die ist weg. Plötzlich verschwunden.

Jule rennt los, um Oma im Haus zu suchen, Mama und Papa stehen ratlos und ungeduldig am Auto. Gerade, als Jule von der Terrasse runtergerannt kommt und verkünden will, dass Oma nirgendwo zu finden ist, taucht sie wieder auf. Vollbeladen und nicht alleine. In der einen Hand trägt sie ein Körbchen und mit der anderen zieht sie einen alten Handwagen hinter sich her.

Während Oma belustigt lächelnd auf das hektische Treiben vor ihrem Haus blickt, sind alle anderen leicht verwirrt. „Was um Himmels willen schleppst du denn da noch an, wir wollen fahren." Mama ist sichtlich genervt und Papa hat sich schon ins Auto gehievt.

Aber Jule rennt Oma entgegen und ist auf einmal total aufgeregt. Denn aus dem Körbchen lugen winzige schwarze Ohren hervor. Häschenohren. Jules Herz schlägt immer schneller und Omas Augen werden immer fröhlicher. „So Jule, hier sind deine neuen Haustiere. Ich hoffe, du wirst sie mögen und viel Freude mit ihnen haben. Nach der Pleite mit den Gänschen hast du dir das redlich verdient!"

„Und ihr", richtet sich Oma mit beinahe drohender Stimme an Mama und Papa, „sagt bitte ausnahmsweise mal gar nichts, zumindest nichts gegen die Häschen." Oma guckt dabei vor allem Mama, mit dem strengen Blick einer Mutter auf ihre Tochter, eindringlich an. „Dem Kind so viel Kummer zu bescheren und es in ein derartiges Wechselbad der Gefühle zu tauchen, dass muss bestraft werden. Ich bin sicher, ihr kommt klar. Jule auf alle Fälle. Alles, was ihr braucht, sogar den passenden Stall, habe ich von meinem Nachbarn gleich mitbekommen. Er ist sogar für euren Balkon geeignet. Nicht zu groß, gerade richtig! Und Jule, du kannst deinen Geschwistern bestellen, sie sollen dir ruhig manchmal helfen, sonst rufe ich an und rede mal Klartext mit den beiden."

Jule springt in Omas Arme und drückt sie ganz fest. „Mein Herzenswunsch ist gerade in Erfüllung gegangen", flüstert sie ihr ins Ohr. „Ich weiß!", flüstert Oma zurück. Jule klettert fröhlich ins Auto.

Mama und Papa sagen tatsächlich nichts mehr. Sie sind wirklich sprachlos. Aber auch irgendwie erleichtert. Sie fangen, ohne zu diskutieren, an, den Stall und all die anderen Utensilien im Kofferraum zu verstauen. Leicht verwirrt, aber nicht unbedingt ärgerlich verabschieden sie sich von Oma und fahren los.

Der dieses Mal selbstverständlich verschließbare Reisekorb mit den beiden erst vier Wochen alten Häschen steht friedlich neben Jule auf der Rückbank. Als sich Jule noch mal zu Oma umdreht, um ihr aus dem Fenster zu winken, sieht sie, wie Lise, Lisbeth und Liselotte hinter Oma am Gartentor auftauchen. Alle vier werden immer kleiner.

Aber Jule ist überglücklich.

Das pinke Kleid

Jule hat die Nase voll. Endgültig. Sie will nichts mehr sehen und hören. Sie will nur ihr pinkes Sommerkleid mit den Schleifchen in den Kindergarten anziehen. Und zwar heute, jetzt sofort. Aber Mama hat's verboten. Weil es regnet und noch nicht warm genug ist, hat sie gesagt.

Na toll, dabei ist schon Frühling, denkt Jule. Das haben wir gerade in der Vorschule gelernt und Frühling kommt vor dem Sommer und da ist es schließlich schon manchmal warm. „Ich kann ja meinen Regenschirm nehmen und die roten Lackschuhe anziehen. In die kommt auch kein Wasser rein", schreit Jule.

Aber Mama lässt sich davon mal wieder nicht beeindrucken. Wie jeden Tag hat sie die Sachen für Jule schon hingelegt.

Nur die dumme Jeans, die Mama da aus dem Schrank gesucht hat, und das hässliche rote T-Shirt will Jule nicht anziehen. Die Gummistiefel erst recht nicht. Jule hasst Gummistiefel.

Sie will schließlich mit ihren Freundinnen Dornröschen spielen im Kindergarten, das haben sie sich gestern extra ausgemacht.

„Prinzessin in Jeans und T-Shirt, das ist ja total doof", denkt Jule. „Ich zieh' das nicht an", schreit sie hinter Mama her und knallt ihre Kinderzimmertür zu.

Wütend setzt sich Jule in Unterwäsche und ihren weißen Lieblingsschleifensöckchen unter ihr neues Hochbett. Viel Zeit bleibt nicht mehr. Gleich fängt der Morgenkreis im Kindergarten an und eigentlich möchte sie schon dabei sein, wenn's losgeht. Aber nicht in den Sachen, denkt Jule. „Dann bleib' ich eben heute zu Hause", brüllt sie, „ich zieh' mich den ganzen Tag nicht an und bleib' hier sitzen."

„Du hast nur noch zehn Minuten Zeit, Jule", sagt Mama, „du kannst nicht hierbleiben, ich muss arbeiten gehen. Keiner kann dann auf dich aufpassen."

Na prima, denkt Jule. Sie wird immer wütender und brüllt immer lauter: „Ich komm' aber nicht. Ich zieh' die blöden Sachen nicht an, ich geh' nur mit meinem pinken Sommerkleid mit den Schleifchen in den Kindergarten und mit den roten Lackschuhen. Der Regenschirm reicht. Ich bin schon fast sechs Jahre, ich will endlich selber bestimmen, was ich anziehe. Du bist total gemein, wenn du mir das nicht erlaubst." „Okay Jule", hört sie plötzlich Mama rufen, „zieh' an, was du willst, schnapp' dir deine Kindergartentasche, aber beeil' dich, ich hab' einen wichtigen Termin."

Jule glaubt erst, sie habe sich verhört. Aber es stimmt. Mama guckt seelenruhig zu, wie Jule sich in Windeseile ihr pinkes Sommerkleid mit den Schleifen anzieht, in die Lackschuhe schlüpft und sich den Regenschirm nimmt.

Dann gehen sie los. „Es regnet ja wirklich richtig doll", denkt Jule und blickt ärgerlich um sich. Die ersten Regenwasserspritzer hatten ihre Söckchen schon bedrohlich schwarz gefärbt. Aber egal, sie läuft, so schnell sie kann, stolz neben Mama her und versucht, einen Bogen um jede Pfütze zu machen.

„Mir ist kein bisschen kalt, Mama. Der Regen macht mir gar nichts aus. Guck' mal, wenn ich den Schirm mit beiden Händen ganz fest halte, dann fällt nicht ein Tropfen auf mein Kleid. Und meine Füße sind auch noch ganz trocken. Siehst du, ich bin schon groß und ich will jetzt immer selber bestimmen, was ich anziehe. Jeden Tag, ich kann alles allein raussuchen." Triumphierend guckt Jule zu ihrer Mama hoch.

Doch genau in diesem Augenblick platscht sie in eine besonders tiefe Pfütze. Das Wasser schwappt in ihre Lackschuhe und ihre schönen weißen Schleifensöckchen sind sofort pitschnass. Erschrocken stolpert Jule weiter, ängstlich darauf bedacht, dass nicht auch noch ihr pinkes Sommerkleid nass wird. Denn der Saum hing schon ziemlich nahe über dem Pfützenwasser.

Jetzt soll bloß nicht noch mehr passieren, denkt Jule. Mama hat noch gar nichts gemerkt, die steht schon auf der Treppe zum Kindergarteneingang. Jule will schnell hinterherrennen. Aber mit den nassen Schuhen stolpert sie auf der Treppe, rutscht aus und fällt der Länge nach hin. „Aua", schreit Jule und merkt, wie sich alles immer nasser anfühlt. Kleid, Unterhemd, Socken, alles klatschnass.

Am liebsten würde Jule liegenbleiben und losheulen. Vor Wut. Über den Regen, über die Pfütze und über ihre Idee, ausgerechnet heute ihr schönstes Kleid angezogen zu haben.

„Was soll ich denn jetzt machen", jammert Jule, „Mama, wir müssen nach Hause, du musst mich umziehen, ganz schnell, so soll mich keiner sehen." Aber Mama hat die Tür zum Kindergarten schon aufgemacht. „Komm', Jule, schnell umziehen. In die Wohnung können wir jetzt nicht mehr zurück, ich muss gleich los und dein Morgenkreis fängt an. Wir gucken mal, was in deinem Beutel mit den Wechselsachen alles steckt. Da werden wir bestimmt was finden." Mama fängt schon an, im Beutel zu wühlen.

Aber Jule hat überhaupt keine Lust, die Sachen auch nur zu sehen, geschweige denn anzuziehen. Sie ahnt nämlich Schlimmes. Das sind die reinsten Babysachen, kein Vorschulkind rennt mehr so rum, denkt Jule. Und Dornröschen spielen, das kann ich dann auch gleich vergessen. Dagegen waren die dumme Jeans und das hässliche rote T-Shirt, das Mama heute früh vorgeschlagen hatte, die reinsten Lieblingssachen.

„Davon ziehe ich nichts an, das kannst du vergessen", schimpft Jule. Sie will gerade losheulen, als sie bemerkt, dass die anderen Kindergartenkinder schon alle um sie rumstehen. Das findet Jule ja nun völlig doof. Die sollen doch gar nicht merken, dass sie sich ärgert. Nun hat sie wohl gar keine Wahl mehr. Tapfer zieht Jule ihre nassen Sachen aus und steigt zuerst in neue Unterwäsche. Die ist ja noch ganz okay, die sieht ja eh keiner, denkt sie erleichtert. Aber da ist sie: die geblümte, viel zu kurze Hose, die Mama inzwischen aus dem Beutel gezerrt hatte, und dazu muss Jule ein uraltes, hellblaues T-Shirt anziehen. Das dumme Ding ist viel zu klein, denkt Jule unglücklich. Damit sehe ich aus, wie gerade erst in den Kindergarten gekommen. Und dazu noch die doofen blauen Blümchensocken. „So ein Mist, was soll ich nur machen?" Jule ist total zerknirscht. Aber sehen sollen das die anderen Kinder natürlich nicht. Es müssen zu allem Überfluss nun wirklich nicht alle mitbekommen, dass ich stinksauer bin, denkt Jule. Und so versucht sie, ganz tapfer zu lächeln, als Mama sich verabschiedet.

Na toll, Mama ist weg und Jule fühlt sich echt mies. „Was soll das nur für ein Kindergartentag werden", fragt sie sich. „Mit den blöden Sachen gehe ich nicht in den Morgenkreis und spielen will ich auch nicht", schreit sie ihre Erzieherin an, „am besten, ich bleibe hier sitzen und warte, bis Mama mich wieder abholen kommt." Wütend bleibt Jule vor der Tür in der Garderobe hocken. Inzwischen ist der Morgenkreis längst vorbei und Tina, ihre beste Freundin, kommt angerannt, um Jule zum Dornröschen spielen zu überreden. Aber Jule lässt sich von nichts und niemand überreden. Sie bleibt, wo sie ist, sieht dem Treiben um sich herum missmutig zu und wartet auf ihre Mama. Mit jeder Stunde, die Jule in der Garderobe sitzt, fühlt sie sich elender. „So einen schlimmen Tag will ich nie wieder erleben", denkt Jule. „Nie, nie mehr. Lieber ziehe ich Gummistiefel an, wenn's das nächste Mal regnet. Vielleicht lässt sich ja Mama überreden." Jule hat eine Idee. Und als Mama endlich zum Abholen kommt, rennt ihr Jule in die Arme und sprudelt los. „Also Mama, ich ziehe jetzt immer Gummistiefel an bei Regen. Aber kann ich dann auch jeden Tag selber sagen, was ich anziehen möchte. Bitte, Mama! Ich möchte mir alles alleine aussuchen, nicht immer du." Jule guckt erwartungsvoll und auch ein bisschen ängstlich zu Mama hoch. „Okay Jule, pass' auf", sagt Mama, „ich habe auch einen Vorschlag für dich. Also, wir suchen jetzt immer zusammen aus, was du anziehst. Ich bestimme das nicht mehr alleine, wir machen gemeinsame Sache. Vielleicht kriegen wir das ja ohne allzu große Streitereien hin. Aber mit einem Vorschulkind ist das bestimmt kein Problem, oder?" Jule ist überglücklich, sie springt ihrer Mama in die Arme und lässt sich aus dem Kindergarten tragen. Wie ein ganz kleines Mädchen. Aber das ist ihr egal. Und die blöden Klamotten aus dem Wechselsachenbeutel auch. „Schließlich war das heute der letzte Unglückstag wegen Sachen, die ich nicht mag", denkt Jule. „Ab morgen wird alles anders ..."

Der Leseweltmeister

„Florian, komm' doch mal bitte, wir müssen lesen üben." O nein, nicht schon wieder, denkt Florian und rutscht ganz tief in seine Bude unterm Hochbett. Mamas Stimme kommt immer näher und Flo macht sich immer kleiner.

Er hasst lesen. Und er hasst es, wenn Mama jeden Tag damit nervt. Nur weil seine ganze Familie Lesen so toll findet, hat er noch lange keine Lust dazu. Es reicht ja nun wirklich, dass er in die Schule trabt und sich dort von seiner Lehrerin anhören muss, wie wichtig Lesen ist und schön soll es auch noch sein. „Übe täglich", steht über jedem neuen Leseblatt. Das fehlt ihm gerade noch, aber Mama nahm das natürlich sehr ernst. „He Flo, hol' deinen Ranzen, dein Lesebuch und los geht's." Mama stand direkt vor seiner Bude. Keine Chance mehr, dem Grauen zu entfliehen. Missmutig krabbelt Florian raus, trottet zum Schreibtisch und zerrt wütend Blätter und Buch hervor. Nach drei mühsam zusammengestotterten Zeilen jedoch, hat er die Nase voll. „Das lerne ich nie, lesen will ich nicht mehr üben. Das brauche ich nicht. Hör' ich eben Kassette", brüllt Flo seine Mama an. „Und überhaupt, morgen fangen die Fußballweltmeisterschaften an. Die gucke ich im Fernsehen. Alle Spiele. Mit Papa. Da muss ich gar nicht lesen können. Mir reicht das jetzt. Und in die Schule will ich auch nicht mehr gehen. Ich kündige da, Mama, du kannst gleich morgen einen Zettel schreiben!" Florian schreit immer lauter und aufgeregter. Seine Mama war inzwischen wortlos aus dem Zimmer gegangen. Als Florian das endlich bemerkt, muss er so stark husten, dass seine ganzen Leseblätter vom Schreibtisch fliegen. Auch das noch, denkt er wütend und sammelt sie, leise vor sich hin fluchend, ein. „Jetzt hilft mir nicht mal jemand und ich muss auch noch meinen ganzen Schulkram alleine sortieren." Als alles verstaut ist, hockt sich Florian auf sein Bett und träumt vor sich hin. Er ahnt, dass er weder in der Schule kündigen noch dem Lesestress entkommen kann. Zumindest nicht für immer. Aber erst mal gibt's ja Fußball.

Wenn doch endlich schon morgen wäre. Seit Wochen wartet er auf die Weltmeisterschaften in seiner Lieblingssportart. Er will kein Spiel verpassen. Hoffentlich vermasseln ihm Mama und Papa nicht wieder alles. Von wegen, nicht so viel Fernsehen, du musst noch dies und das und überhaupt. Und dann bestimmt wieder lesen üben. Schon reichlich mutlos beschließt Florian, erst mal abzuwarten und sich einfach nur auf den nächsten Tag zu freuen.

Das war eine richtig gute Idee. Der nächste Morgen fängt fröhlich an. Keiner nervt ihn und schon am Frühstückstisch diskutiert Florian mit seinem Papa die Mannschaftsaufstellung fürs Eröffnungsspiel. „Papa, was meinst du, wer steht im Tor heute Abend?" „Mensch Flori, ich habe jetzt keine Zeit mehr. Guck' im Sportteil nach. Hier, Seite 7 in der Zeitung, da wird es stehen." „Oh nein, Papa, das kann ich nicht finden, die Schrift ist viel zu klein und lesen mag ich auch nicht." „Flo, ich muss los, mach's gut. Du schaffst das schon." Ärgerlich starrt Florian auf die Sportseite. „Mama, such' doch mal für mich raus, ob mein Lieblingstorwart aufgestellt wird." „Florian, such' selber, ich suche gerade meine Unterlagen, ich habe gleich einen Termin. Und du hast auch nur noch ein paar Minuten bis zur Schule." „Mama, bitte lies mal, du arbeitest doch bei der Zeitung, wo steht das denn?" „Florian", Mama rief nun schon etwas lauter, „das steht etwas dicker gedruckt unten rechts auf der Sportseite. Mach' die Augen auf und lies." Na super, Florian irrt mit dem Finger auf der Seite rum. Als er gerade entnervt aufgeben wollte, da findet er die richtige Zeile. Mann...schafts...aufstel...lung liest Florian. „Ich hab's, Mama, ich hab's gefunden. Jetzt nur noch den Namen des Torwarts. Wenigstens gibt's ein Bild vom Spielfeld, also nur das Tor suchen. Da, hier steht der Name. Lehmann. Na immerhin." Florian ist glücklich. Lieblingstorwart im Tor und er hat es auch noch selber gelesen.

So schnell ist Florian noch nie in der Schule gewesen. Aufgeregt erzählt er auf dem Schulweg seinem besten Freund alle Neuigkeiten und in der Schule gleich der Lehrerin. Die staunt nicht schlecht. „Mensch Florian, du hast in der Zeitung gelesen, freiwillig. Das finde ich ja richtig gut. Da kannst du ja heute gleich als Erster unseren Text laut vorlesen." Florian glaubt, sich verhört zu haben. Hätte ich bloß nichts erzählt, denkt er. Jetzt habe ich den Schlamassel. Laut vorlesen. Die spinnt wohl. Aber ehe er noch weiter fluchen konnte, lag schon das Leseblatt vor ihm und die Klasse guckte erwartungsvoll. Mürrisch und mühsam fängt Flo an. Und er liest und liest. Ohne Fehler, laut, deutlich und flüssig bis zum letzten Satz. Das ganze Leseblatt. Als er fertig ist, bleibt es in der Klasse total still. Alle Kinder gucken Florian verblüfft an. Das hatten sie noch nie erlebt. Ausgerechnet Florian, der Lesemuffel, liest perfekt. Die Lehrerin ist begeistert. „Florian", sagt sie, „das war ganz toll." Florian selber kann sein Glück noch gar nicht richtig fassen. Nur langsam wird ihm klar, dass er das gerade war, der es eben geschafft hat, so ein verdammtes Leseblatt bis zum Ende vorzulesen. Langsam fing er an, sich zu freuen. Er grinste in die Klasse und fast fühlte er sich, als hätte er beim Fußball ein Tor geschossen. Endlich Ruhe, denkt er, das wird ja wohl nun reichen, ich kann's und die ewige Nörgelei von wegen „Flo, du musst lesen üben", hat ein Ende.

„Weißt du was, Florian, mit der brillanten Leseleistung kannst du eigentlich die Klasse bei der Schul-Lese-Weltmeisterschaft vertreten. Du magst Fußball, da läuft auch gerade die Weltmeisterschaft, und lesen ist für dich ja nun kein Problem mehr." Wieder einmal glaubte Flo, sich verhört zu haben. Das kann doch nicht wahr sein, die träumt wohl ... Wutentbrannt schreit Florian „nein" in die Klasse, „das will ich nicht." Nur irgendwie scheint das keinen zu interessieren. Selbst die lesewütigen Mädchen protestieren nicht, die halten sich doch sonst für die Größten, hundertmal besser geeignet, zu dieser Lese-WM zu trampeln. Aber alle klatschen und sind begeistert vom Vorschlag der Lehrerin. „Florian, morgen in der ersten Stunde geht's los, du kannst ja zu Hause noch ein paar Fußballtexte aus der Zeitung üben, dann wird das schon." Und als wäre nichts gewesen, ging der Unterricht weiter.

Florian kochte innerlich. Sein einziger Trost war das Nachmittagsspiel der Weltmeisterschaft im Fernsehen. Der blöden Kuh werde ich es zeigen, denkt er, ich versaue alles, sollen die anderen doch lesen, ich bleibe morgen stumm wie ein Fisch. Eine Glanzleistung, die wird doch wohl reichen.

Missmutig sitzt Florian nachmittags vor dem Fernseher. Immer noch grübelnd, wie er die Pleite am nächsten Tag verhindern kann. Nicht mal Mama hat er von der grandiosen Idee seiner Lehrerin erzählt. Das fehlte ja gerade. Dann fragen auch noch alle nach. Traurig ist nur, dass er deswegen nicht von seinem Lesetriumph berichten kann, dann würde alles auffliegen. Verdammter Mist, denkt Florian und schnappt sich mehr zufällig die Sportseite der Tageszeitung. Das Spiel hat noch nicht angefangen, ihm bleiben ein paar Minuten. „Verletzung", was steht da, Flo ist ganz aufgeregt. Unter dem Bild seines Lieblingsspielers schreiben die was von, Flo gibt sich große Mühe, die kleine Schrift zu lesen, ... „kann nicht spielen, das Knie ist kaputt. Eine Trainingsverletzung." Flo vertieft sich aufgeregt in die Zeilen und vergisst dabei völlig den Fernseher, das Spiel und alles um ihn herum. Als er fertig ist, ist fast Halbzeit. Florian hat beinahe die ganze Sportseite gelesen und vom Spiel im Fernsehen gar nichts mitbekommen. Er ist selber erstaunt darüber, aber eigentlich mehr fasziniert davon, was er eben alles gelesen hat. Auch Mama guckt etwas ungläubig, beschließt aber, lieber gar nichts zu kommentieren. Florian wirkt eh den ganzen Nachmittag über so seltsam. Als er auch noch freiwillig auf die weitere Fußballübertragung verzichtet und lieber in seinem Zimmer verschwindet, ist sie total irritiert.

Am nächsten Morgen schmiedet Florian schon beim Aufstehen Pläne, wie er dem Elend mit der Lese-Weltmeisterschaft in der Schule entrinnen kann. Aber es fällt ihm einfach nichts Gescheites ein. Krank fällt aus, dann fehlt er am Wochenende bei seiner eigenen Mannschaft im Sturm und sie spielen um den Aufstieg in die Bezirksliga. Stumm bleiben ist ihm zu doof, da gibt's nur wieder schlaue Ermunterungssprüche der Lehrer. Und sich einfach weigern, blieb schon gestern erfolglos. Bleibt nur, Augen zu und durch und möglichst so gut, dass alle endlich die Klappe halten und mich zufrieden lassen, denkt Flo. Einfach Ruhe haben und als Held vom Platz gehen. Flo träumt sich in die Fankurve des Stadions, sieht sich, mit vom Leib gerissenen Trikot, die Ovationen der Zuschauer nach dem Siegtor entgegennehmen. In dem Moment knallt er beinahe vor die Schultür und erwacht je aus seinem Tagtraum. „He Flo, da bist du ja", die Stimme seiner Lehrerin dröhnt in seinem Ohr, „wir warten schon auf dich. Komm', setz' dich, die anderen aus den ersten Klassen sind auch schon da. Hier sind eure Texte. Ihr habt jetzt ein paar Minuten Zeit und dann wird gelost, wer als Erster lesen darf."
„Darf", der blanke Hohn, denkt Flo. Muss, du blöde Ziege, würde er am liebsten rufen, aber da fällt ihm sein Plan wieder ein. Spiel und Sieg, denkt Flo, ich werde es euch allen zeigen. Seine Klassenkameraden und die Schüler der anderen Klassen sitzen als Zuschauer in den hinteren Reihen. Ha, genau das richtige Publikum. Flos Kampfgeist ist erwacht. Vier Leute sind sie in seiner Klassenstufe. Na wartet, denkt Flo, das kann ich packen. Er hat Glück und muss als Letzter lesen. „So, na dann legt mal los ..."

Florian registriert nur im Unterbewusstsein, wie seine Mitstreiter lesen. In seinem Kopf läuft lediglich der eine Satz: Spiel, Tor und Sieg, ich muss es schaffen. „Florian, du bist dran." Die Stimme seiner Lehrerin hämmerte sich gnadenlos in seine Siegespläne. O.K. Flo nimmt sein Blatt und legt los. Er liest und liest und liest. Flüssig, ohne Fehler, mit Betonung und mit fester Stimme. Als er fertig ist, ist es für ein paar Sekunden still, allen ist die Verblüffung über diese grandiose Leistung anzusehen. Schließlich donnert Applaus durch die Klasse. Seine Mitschüler johlen und trampeln. Ohne Frage, Flo ist der klare Sieger. Das meinen auch die Lehrer und damit ist er Leseweltmeister. „Na bitte", denkt Flo, „geht doch. Spiel, Tor und Sieg." So stolz und so fröhlich ist er lange nicht mehr nach Hause gegangen. Er kann es kaum erwarten, seinen Eltern alles zu berichten. Auf deren verblüffte Blicke freut er sich am meisten. Und dann gibt's ja auch wieder Fußball im Fernsehen. „Lesen üben dürfte ja nun flach fallen", ruft Flo seinem Freund zu und rennt einfach los.

Die Langeweileidee

„Mama, mir ist so langweilig. Was soll ich jetzt bloß machen?" Tilly schleicht missmutig durch die Wohnung. „Mama, sag doch mal, hast du keine Idee? Mir fällt überhaupt nichts ein, was ich spielen könnte. Mensch Mama, mir ist echt langweilig. Das nervt."Tilly ahnt, was jetzt kommt. Die üblichen Sprüche, mit denen Mama meistens aufwartet. „Tja, Tilly, was sollst du wohl machen, auf dem Kopf stehen und lachen und mit den Beinen Fliegen fangen."

Na danke, denkt Tilly, der blöde Spruch aus Mamas Kindheit. Den kann sie schon gar nicht mehr hören.

„Toll Mama, du bist echt gemein, mir ist langweilig und dir ist das total egal." Langsam wird Tilly wütend. Und sie kann sich auch schon denken, dass mit Mamas Weisheiten noch lange nicht Schluss ist. Kaum gedacht, da geht's bereits los: „Tilly, du weißt doch, Langeweile ist überhaupt nicht schlimm. Langeweile ist sogar wichtig für Kinder. Das sagen übrigens auch Wissenschaftler. Ich habe es dir schon so oft erzählt. Nur wem auch mal so richtig langweilig ist, dem fallen lauter gute Ideen ein."

„Vielen Dank", flucht Tilly. Deshalb fällt mir jetzt noch lange nicht ein, was ich spielen könnte. „Schön, Mama, deine tollen Tipps bringen gar nichts. Null. Mir ist immer noch langweilig, ich hänge hier dumm rum und langsam reicht's mir."

„Finde ich auch", kontert Mama.

Wütend rennt Tilly aus dem Zimmer und knallt die Tür zu. Sie hockt sich in ihren Lieblingsstuhl und starrt vor sich hin. Nichts fällt ihr ein, aber auch gar nichts. „So ein verpatzter Nachmittag", denkt Tilly, „was soll ich nur anfangen?"

Langsam beruhigt sie sich und guckt im Zimmer umher.

„Ganz schön verdreckt meine Wände. Die letzte Posterumhängeaktion hat deutliche Spuren hinterlassen. Überall sind die Abdrücke zu sehen. Könnte ruhig mal wieder gestrichen werden. Weiße Wände sind eh langweilig, gelb würde viel besser aussehen. Oder orange."

Tillys Gedanken überschlagen sich fast. Immer mehr Farbvarianten fallen ihr ein. Und plötzlich weiß sie, was sie mit diesem verkorksten Nachmittag noch anfangen kann. „Ich streiche mein Zimmer!"

Entschlossen springt sie auf. Keine Spur mehr von Langeweile. Nur noch Ideen über Ideen. Tilly ist jetzt nicht mehr zu bremsen.

„Ich brauche Farbe, Pinsel, Eimer und ich muss irgendwie das Zimmer auslegen, damit der Teppich nicht voll

Farbe kleckst. Außerdem brauche ich eine Leiter, sonst komme ich nicht bis ganz nach oben."

Fieberhaft überlegt Tilly, wie sie am geschicktesten – und vor allem heimlich – alle Utensilien besorgen kann. Vom letzten Renovieren stehen noch die Farbeimer im Keller, der Rest müsste auch dort aufzutreiben sein. Und statt auf eine Leiter, überlegt sich Tilly, kann ich ja auch auf einen Stuhl oder mein Bett klettern.

„Alles kein Problem, ich werde schließlich bald neun Jahre alt. Mama wird sich wundern. Wie sagt sie doch immer so schön: ‚aus Langeweile entstehen die besten Ideen.' Na bitte", triumphiert Tilly.

Fragt sich nur noch, wie sie unbemerkt loslegen soll. Aber dank Mamas Nachmittagsprogramms kein Problem.

„Tilly", ruft Mama, „ich muss jetzt Fridolin vom Fußball abholen und danach noch mit ihm zusammen neue Fußballschuhe kaufen. Willst du mit kommen?" „Die Rettung", denkt Tilly. Ihr fröhliches „Nein" schallt durch die ganze Wohnung. „Ich habe keine Lust, ich bleibe hier." „Tilly, das kann aber eine Weile dauern, ich will noch ein bisschen beim Training zugucken." Mama ist leicht irritiert. Sonst bleibt Tilly eigentlich nicht gerne allein. Aber Tilly zerstreut ihre Bedenken. „Kein Problem, Mama, ich komme schon klar, ich möchte noch mit ein paar Freunden telefonieren und außerdem in Ruhe meine neue CD hören."

Als Tilly endlich die Autotür zuknallen hört, ist sie nicht mehr zu halten. In Windeseile rennt sie in den Keller. Und wie erhofft, stehen sämtliche Malersachen in der Ecke. Auf geht's, denkt Tilly, schleppt den ganzen Kram die Treppe hoch in die Wohnung und bugsiert alles sicher in ihr Zimmer. Sie schwitzt und schnauft. Aber sie schafft es. „Tür zu und los", denkt Tilly.

„Hm, Moment mal, ich muss ja noch den Teppich abdecken. Papa nimmt dafür immer eine große Folie", erinnert sich Tilly. „Nur wo kriege ich jetzt auf die Schnelle so ein Ding her?" Aber Tilly hat wieder eine prima Idee. „Plastiktüten, ich nehme viele kleine Plastiktüten, zerschneide sie und verteile sie alle im Zimmer. Das müsste doch auch funktionieren." Gesagt, getan. Tilly rennt in die Küche, schnappt sich eine Schere, viele Tüten und fängt an, alle zu zerschneiden. Schließlich verteilt sie die zurecht geschnittenen Plastiktüten großzügig auf dem Teppich in ihrem Zimmer und hofft, dass sie ihn gut abgedeckt hat.

„So, nun kann ich endlich anfangen zu streichen." Tilly kann es kaum noch erwarten. Sie reißt den Farbeimer auf und stellt enttäuscht fest, dass die Farbe weiß ist. „Mist, ich brauche gelb. Was nun?" Die erste Pleite droht. Aber Tilly hat die rettende Idee. „Ich mische. Wäre doch gelacht, wenn ich das nicht schaffe. Wo sind nur meine Tuschkästen?" Tilly sucht im Ranzen, findet den für die Schule und wühlt in ihrem Schubfach noch den für zu Hause raus. „Prima", freut sie sich, „zwei gelbe Farbnäpfe, das wird ja wohl reichen." Tilly überlegt nicht lange und kippt mutig ihr Tuschkastengelb in den großen Farbeimer. Sie fängt an zu rühren. Immerhin färbt sich die Oberfläche gelb. „Das reicht", denkt Tilly und fängt fröhlich an zu streichen. Nur leider sieht es an der Wand auf einmal gar nicht so richtig gelb aus. Tilly wird unsicher. Aber egal. Fieberhaft streicht sie weiter. In ihrem Eifer bemerkt Tilly überhaupt nicht, dass um sie rum schon alles voller Farbkleckse ist. Die Plastiktüten, die eigentlich abdecken sollten, sind verrutscht und so ist der halbe Teppich bespritzt.

„Oh Mist", flucht Tilly. Zu allem Übel ist auch sie von oben bis unten voller Farbe. In der Hektik hat sie völlig vergessen, sich alte Sachen anzuziehen oder wenigstens einen Papierhut aufzusetzen. Und so tropft ihr die Farbe sogar von der Nasenspitze. „Scheint ja eine richtige Pleite zu werden. Aber egal, jetzt bloß nicht aufgeben", denkt Tilly, „schließlich will ich das Zimmer schaffen, bis Mama und Fridolin wieder da sind." Auf deren verdutzte Gesichter freut sich Tilly nämlich ganz besonders. Und auf Papas Kommentar, wenn er von der Arbeit kommt. Tilly sieht sich schon als Held der Familie, als ihr plötzlich auffällt, dass ihre Wand keineswegs gelb aussieht, sondern, abgesehen von ein paar gelben Streifen, alles weiß ist.

Enttäuscht guckt sie sich um. „Na toll, alles weiß, dabei habe ich doch zwei ganze gelbe Farbbecher untergemischt. Das war wohl zu wenig." Frustriert lässt Tilly ihren Pinsel in den Farbeimer fallen und hockt sich entnervt daneben. Pleiten über Pleiten. „Schöne Bescherung", flucht sie vor sich hin. „Weiß statt gelb, mein Zimmer sieht aus wie ein Schlachtfeld und so richtig viel geschafft habe ich auch nicht. Jetzt fehlt bloß noch, dass Mama und Fridolin nach Hause kommen."

In diesem Moment donnert auch schon ein Fußball durch die Wohnung. Untrügliches Zeichen, dass die beiden wieder da sind. Tilly stockt der Atem. Ehe sie auch nur einen klaren Gedanken fassen kann, stehen Mama und Fridolin in ihrem Zimmer. Tilly will gerade zu einer Erklärung ansetzten, als Mama anfängt loszuschreien. Sie guckt mit verzweifeltem Blick im Zimmer umher und schreit weiter. Alle Farbe ist aus Mamas Gesicht gewichen. Sie ist so weiß wie die frische Wandfarbe und schreit immer weiter. Tilly ist fassungslos und weiß gar nicht, was sie tun soll. Ihr Bruder auch nicht. Er steht vor Schreck wie angewurzelt da, seinen Fußball krampfhaft unterm Arm geklemmt und beide starren Mama hilflos an.

Und die schreit weiter.

Aber genauso plötzlich, wie sie angefangen hat, hört sie auch wieder auf. Auf einmal ist es totenstill im Zimmer.

Blitzschnell, ihre Stimme überschlägt sich fast, fängt Tilly an zu reden. „Mama, das mit dem Streichen ist mir eingefallen, als ich Langeweile hatte. Du hast doch selber gesagt, dann kommen einem die besten Ideen. Und da habe ich …", weiter kommt Tilly nicht, denn nun fängt Mama schallend an zu lachen. Sie setzt sich mitten ins Chaos auf den Boden und lacht immer lauter. Irritiert starrt Tilly auf Mama. Jetzt beginnt auch Fridolin zu lachen und hüpft zwischen den Farbklecksen im Zimmer umher. Mama lacht immer noch, als Papa, von allen unbemerkt, in der Tür auftaucht. Völlig entgeistert blickt er in die Runde. Sein Gesicht ist ein einziges Fragezeichen. „Tja", ruft Mama belustigt, „da haben wir wohl alle eine Streichaktion gewonnen. Gut, dass morgen Samstag ist. So bleibt uns das ganze Wochenende, um Tillys Zimmer wieder bewohnbar zu machen. Ich fürchte, wir müssen nicht nur den Rest des Zimmers streichen, sondern auch einen neuen Teppich besorgen. Nicht wahr, Tilly? Aber egal, wie sagt man doch so schön: ‚Es ist noch kein Meister vom Himmel gefallen.'" Über diesen Spruch von Mama freut sich Tilly riesig. Überglücklich rennt sie in Mamas Arme und drückt sie ganz doll. „Ich hatte solche Angst, dass ihr alle ganz sauer auf mich seid wegen meiner Idee, das Zimmer zu streichen."

„Nein Tilly, du bist das fantasievollste und mutigste achtjährige Mädchen, das ich kenne. Du bist echt die Beste. Ich habe dich ganz doll lieb. Ich schlage vor, wie essen erst mal Abendbrot. Dabei besprechen wir dann, wie es weiter geht.